Para mamãe.

Meu ursinho corajoso
Steve Small
Título original: *Brave little bear*

Da edição em português:
Coordenação editorial: Florencia Carrizo
Edição: Camila Ponturo
Tradução: Carolina Caires Coelho
Revisão: Thainara Gabardo
Diagramação: Verónica Alvarez Pesce

Primeira edição.

R. Passadena, 102
Parque Industrial San José
CEP: 06715-864 / Cotia – São Paulo
infobr@catapulta.net
www.catapulta.net

ISBN 978-65-5551-084-3

Impresso na China em julho de 2023.

Small, Steve
   Meu ursinho corajoso / Steve Small ; [ilustrações do autor] ; tradução Carolina Caires Coelho. --Cotia, SP : Catapulta, 2023. -- (Catapulta junior)

   Título original: Brave little bear
   ISBN 978-65-5551-084-3

   1. Literatura infantojuvenil I. Título. II. Série.
23-155168   CDD-028.5

Índices para catálogo sistemático:
1. Literatura infantil   028.5
2. Literatura infantojuvenil   028.5

© 2023, Catapulta Editores Ltda.
Text and illustrations copyright © 2023 Steve Small
© 2023 by Simon & Schuster, Inc.

Livro de edição brasileira.

Nenhuma parte desta obra poderá ser reproduzida, copiada, transcrita ou mesmo transmitida por meios eletrônicos ou gravações sem c permissão por escrito do editor. Os infratores estarão sujeitos às penas previstas na Lei nº 9.610/98.

MEU URSINHO CORAJOSO

STEVE SMALL

O dia tinha acabado de começar. Três ursos dormiam profundamente em sua toca.

Arlo foi o primeiro a acordar.

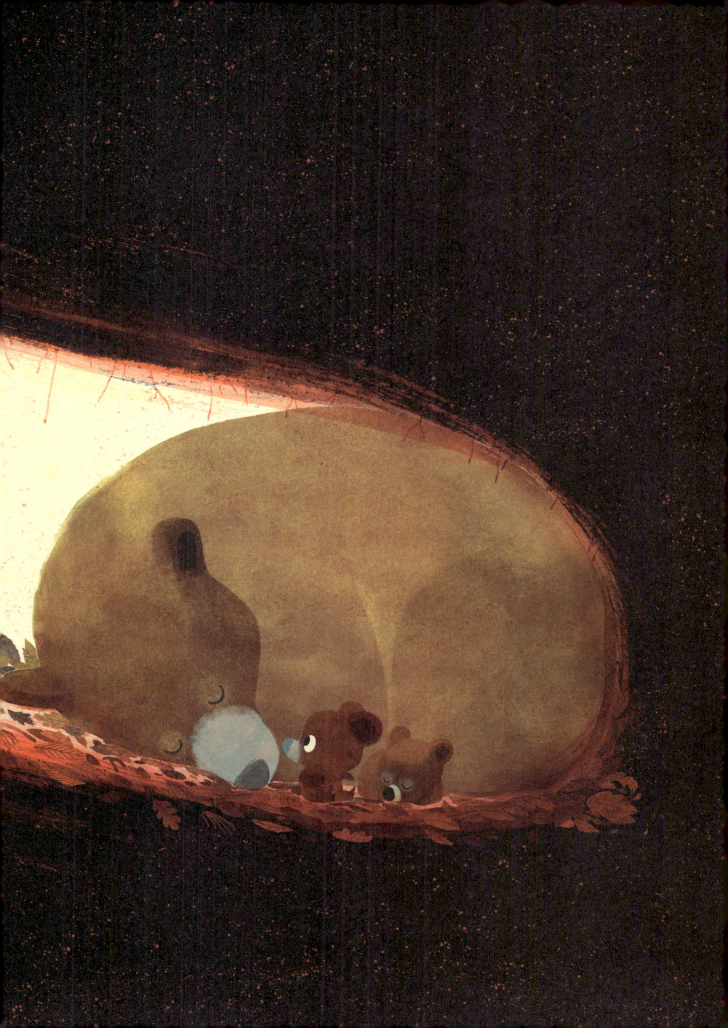

Eva, sua irmã, começava a despertar. Estava muito ansiosa para iniciar o dia. Para ela, o mundo era cheio de coisas novas.

Contudo, Arlo gostava das coisas do jeito que estavam.

Ele gostava do calor de sua toca, onde todos dormiam juntos.

Gostava que todos ficassem apertados.

Gostava até que os ronquinhos de sua mãe
e de sua irmã o despertassem no meio da noite...

... porque podia voltar a se acomodar e
a dormir com elas.

No entanto, tudo isso estava prestes a mudar. Naquele dia, eles deixariam o único lugar que Arlo conhecia.

O inverno estava quase no fim e era hora de deixar a montanha para viver no Vale Primavera.

— Será uma grande aventura — sua mãe havia dito.

Arlo sabia o que significava a palavra *aventura*: muitas coisas novas.

Enquanto ele olhava para Eva, que brincava lá fora, sua mãe sussurrou em seu ouvido:

— Siga-me, meu ursinho corajoso.

Arlo olhou para a toca pela última vez. "*Quem* me dera ser *corajoso*", pensou.

Eles começaram a andar e adentraram o Grande Bosque, onde a mãe havia ensinado os filhotes a se comportarem como ursos adultos.

Eva tinha sido a primeira a subir na árvore.

E a primeira a descer a colina íngreme.

E a primeira a entrar na água.

Ela parecia não ter medo de nada.
"Eva é a *corajosa*", pensou Arlo.

— Arlo! Olha só! — disse Eva.
Diante deles se erguia uma montanha alta, coberta de neve.

Um vento frio começou a soprar.

A mãe olhou para os dois com atenção e disse:
— O Vale Primavera fica do outro lado. Vamos ter que atravessar.

Começaram a subir a ladeira
e Eva corria na frente.

O vento soprou com mais força.

— Não se afastem!
— disse a mãe com firmeza.

De repente...

... o mundo desapareceu.

Uma nevasca gigantesca cobriu a montanha.

Arlo se aproximou o máximo que pôde do corpo de sua mãe enquanto ela se concentrava para dar cada passo.

Mesmo quase sem conseguir ver o que havia em sua frente, Arlo sabia que Eva não estava por perto.

Algo não estava bem.

Arlo virou-se rapidamente para olhar para trás. Apesar de o vento soprar muito forte, ele tinha certeza de que havia escutado alguma coisa.

Estava ali!

De novo!

Escutava o som cada vez mais longe.

Arlo então arregalou os olhos:
conhecia aquele som.

Era Eva.

Quando a nevasca começou, Eva tinha certeza de que estava a poucos passos de sua família.

Precisou reunir toda a sua coragem para voltar a procurar seu irmão e sua mãe.

Mas agora ela não fazia ideia de onde estava.

— ARLO! — voltou a gritar. Mas o vento soprava tão forte que ela mal conseguia ouvir a própria voz.

Não conseguia dar nem mais um passo. Um tempo depois, quando estava recuperando o fôlego para voltar a gritar, parou. Por acaso tinha visto algo ao longe?

Não. Ali não havia nada. Sua família já devia estar distante. Era impossível.

Então, o impossível... aconteceu.

Em meio à nevasca, Arlo apareceu correndo em direção a ela.

— ARLO!

Arlo abraçou sua irmã com força.
Quase não acreditava que a havia encontrado.
— Arlo! Arlo! Você está aqui!
Estou tão perdida, sinto muito medo!

Arlo não havia tido tempo de sentir medo
quando saiu em busca de Eva.
Ele só correu sem pensar.

No entanto, agora era tudo diferente.
— Sim — assentiu. — Eu também sinto muito medo.

Então, Arlo se lembrou do que sua mãe havia
dito quando ele sentiu medo naquela manhã:
"Siga-me, meu ursinho corajoso".

Arlo olhou para Eva e se deu conta de
que agora *ele* tinha que ser corajoso.

Os dois começaram a enfrentar a nevasca e Arlo se perguntava como saberiam por onde ir.

E foi então que as viu...

... as grandes e profundas pegadas de sua mãe.
Eles estavam indo pelo caminho certo!

— Por aqui, Eva — gritou Arlo.

O caminho era longo e difícil.

Algumas vezes, as pegadas na neve
não podiam ser vistas.

Outras vezes, os dois ursinhos escalavam e escalavam...

... e logo rolavam ladeira abaixo de novo.

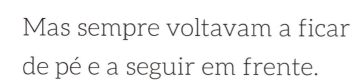

Mas sempre voltavam a ficar
de pé e a seguir em frente.

E bem quando parecia que a nevasca
nunca terminaria...

... terminou.

Conseguiram sentir o cheiro do Vale Primavera antes de vê-lo. Uma brisa suave soprava e quase podiam saborear as flores e sentir o calor do sol sobre a pele.

Eles tinham conseguido cruzar o pico da montanha.

E ali, não muito longe deles, olhando com desespero para a encosta da montanha, estava a mãe deles.

— ESTAMOS AQUI!

ESTAMOS AQUI!

— gritaram Eva e Arlo.

A mamãe correu até eles feliz e ao mesmo tempo os repreendendo com doçura.

— Eu estava tão preocupada! — disse a mãe.
— Nós sentimos tanto medo! — revelou Eva.
— Mas nos esforçamos para ser corajosos! — acrescentou Arlo.

A mãe os observou com um olhar sério e carinhoso.
— Ser corajoso quando sente medo — disse ela — é a maior coragem.

Naquela noite, enquanto dormiam sob as estrelas, Arlo despertou com os ronquinhos de sua mãe e de sua irmã...

... e, com um sorriso sonhador, rugiu feliz, aconchegou-se e voltou a dormir.